ハテコ
ザジ
ミニヨン
ジャン・ジャック
レオ
クロエ
ガブリエル
ケイト

ねこの町の小学校
たのしいえんそく

小手鞠るい 作
くまあやこ 絵

講談社

「バターロールが焼きあがったわ。つぎはクロワッサンね」
ここは、ねこの町のパン屋さんのちゅうぼうです。
リリアさんとパン職人のねこたちが、朝はやくから、
いっしょうけんめい、パンをつくっています。

フランスパンを切りわけながら、
リリアさんはつぶやきました。
「おみやげは、はちみつたっぷりの
マドレーヌと、オレンジカップケーキ」
どちらも、ひと口サイズの
かわいらしい焼き菓子です。
だれのための、おみやげなのでしょうか。

「さあ、できあがったわ」
大きなバスケットをふたつ手にして、
リリアさんはお店をあとにしました。
いったい、どこへ行くのでしょう。
空はまっさおに晴れて、雲ひとつありません。
おひさまもにこにこ、笑っているように見えます。
やがて、リリアさんの耳に、子どもたちの
にぎやかな声が聞こえてきました。

「あっ、ママだ」

レオがさけびました。

「わぁ、いいかおりがする」

ルルが鼻をくんくんさせています。

レオとルルのほかにも、おおぜいの
ねこの子たちが集まっています。

「ぼく、なんだか、おなかがすいてきたよ」

「朝ごはん、さっき食べたばかりでしょ」

そんな声も聞こえてきます。

ここは、ねこの町の小学校の運動場です。

子どもたちはみんな、リュックサックをせおっています。

肩からは、水とうをかけています。

「えんそく、えんそく、楽しいな」

「えんそく、えんそく、うれしいな」

歌をうたっている子もいます。

みんな、長そでのシャツに長ズボン。
頭には、ぼうし、足には、がんじょうなくつ。
りっぱなあごひげをたくわえた、アラン先生も、
大きなリュックサックをせおっています。
いったい、どこへ遠足に出かけるのでしょうか。

「リリアさん、ありがとうございます」

「どういたしまして」

アラン先生は、リリアさんからバスケットを受けとると、子どもたちに向かって言いました。

「じゃあ、みんな、リュックサックにパンを入れよう」

あっというまに、大きなバスケットはふたつとも、からっぽになりました。

アラン先生のリュックサックも、二倍にふくらんでいます。

子どもたちの胸もわくわく、ふくらんでいるようです。

「ようし、出発だ！」

子どもたちは、運動場から外へ出ると、元気よく、歩きはじめました。

しばらく歩くと、小高い丘が見えてきました。丘はそのまま、山につながっています。

道はだんだん細く、
だんだんけわしくなっていきます。
石ころがごろごろ、岩がごつごつ。
「あっ、あぶない！」
落ちている枝につまずいて、
転びそうになっている子を、
レオが助けます。
「上まで登れるかなぁ」
しんぱいそうな顔をしている子に、
「だいじょうぶだよ。マイペースで

ゆっくり歩いていこうね」
アラン先生はやさしく、
声をかけています。

うっそうとした森のなかで、
子どもたちは、いろいろな
発見をしました。
今までに聞いたことのなかった、
小鳥たちの声に耳をすましました。
木の枝と同じ色をした、
ふくろうにも出会いました。
「あの石をめくってごらん」
アラン先生に言われて、
ルルはめくってみました。

「わあっ、これは？」

「かえるの子どもかな？」

「へびの赤ちゃんでしょ」

「ちがうよ。かめの赤ちゃんだよ」

「かめは森じゃなくて池に、すんでるんじゃない？」

アラン先生はみんなに教えました。

「それは、とかげだよ。岩や石の下でくらしているんだ。
だからその石を、そっともどしてあげて」

小学校の先生になる前は登山家だったアラン先生は、
山や森の生物のことについて、なんでも知っているのです。

とちゅうで、なんどか、休けいをしました。
水とうのお水をのんだり、谷川の水を
すくって、のんだりしました。

「頂上が見えてきた！」
「うん、あそこが頂上だ！」
「わーい、もうすぐ頂上だよ」

レオとルルが走りだすと、
みんなも走りだしました。
アラン先生は、最後の子のうしろから、
その子を守るようにして、歩いていきます。

みんなの目の前で、空がとつぜん、大きく広がりました。
まるで絵本のページが一枚、めくれたようです。
それまでは深いみどりと茶色だった世界が、
青一色に染まっています。
その青空の下には——

「あ、あそこに……」

だれかがつぶやきました。

「ゆうびん局だ」

と、レオ。

「あれは、ジョンソンさんの家かな」

と、ルル。

別のだれかが小さな建物を
指さしています。

「ねえ、あれは？」

みんなは、声をあわせて言いました。

「ゆうやけ図書館だ！」

ということは——

最後のひとりといっしょに
頂上へたどりついたアラン先生は、
にっこり笑ってうなずきました。
「うん、あそこが遠足の目的地だよ」
ということは、きょうの遠足の
行き先は、犬の村？
でも、先生の指は、村はずれを
指しているように見えます。
「あそこに着いたら、びっくりする
ようなことが待ってるよ！」

子どもたちはいっせいに、かけだしました。
そこから先は下り坂なので、上りとちがって楽ちんです。
それまでは息をきらして、苦しそうだった子も、スキップでかけおりていきます。
そうしてみんなは、アラン先生の指さしていた場所にたどりつきました。

「わあっ、これはなに？」

「これは？」「これは？」

「あれは？」

「こんなの見たことない」

「食べたこともない」

「食べられるのかな、これ」

「きれいな色」

「変わった形」

「めずらしいかおり」

「アラン先生、これはなんて名前なの」

「ああ、それか、
それはぼくもよく知らないな。
きょう、はじめて見たよ」
子どもたちはみんな、目をきらきら
させて、歩きまわっています。
子どもたちも、にぎやかですが、
赤、オレンジ、黄色、みどり、
きみどり、白、むらさき、
赤むらさきのやさいたちの、
にぎやかなこと！

「みなさん、いらっしゃい。よく来てくださいました！」

「オリビアさん、こんにちは。おせわになります」

と、アラン先生はあいさつをしました。

オリビアさんは、むぎわらぼうしに、
長ぐつに、長ズボンのつなぎ。

「ようこそ、犬の村のやさい畑へ」

そう、やさい畑です。

ここが、きょうの遠足の
目的地だったのです。

みんなは、せなかからリュックをおろすと、オリビアさんといっしょに、やさい畑へ入っていきました。

「これは、ピーマンよ」

みどりだけじゃなくて、赤、オレンジ、白もあります。

「これは、ズッキーニ」

きゅうりに、よく似ているけれど、かぼちゃのなかまです。

「これは、スパゲティ・スクワッシュ」

そうめんかぼちゃ、ともいうそうです。

かたい皮のなかに、細長いスパゲティの形をした実がかくされています。

オリビアさんは、
やさいのことなら、
なんでも知っています。
「これは、リークよ」
まるで、ねぎのおばけみたいです。
「リークとじゃがいもをぐつぐつ、
にこんだら、おいしいスープができあがるの」
「にんじんとしょうがのスープは、かぜに効くのよ」
「トマトはね、大きさは赤ちゃんから大人まであって、
色も赤のほかに、ほら、こんなにいろいろ」

アラン先生は、みどり色のプチトマトをひとつ、茎からもいで、口のなかに、ぽいっ。
「うわー、すっぱい！」
オリビアさんが笑います。
「それは、みどりのトマトじゃなくて、まだ色のついていない若い実。焼いて食べたら、おいしいのよ」

オリビアさんは、いろいろな色のトマトをもいで、子どもたちひとりひとりの手に、わたしていきます。

「さ、どんな味がするのかな？　食べてみて」

アラン先生は、子どもたちに教えます。

「みんな、見てごらん。トマトのなかに、ほら、小さな小さな種が入ってるだろ。ぬるっとしたものにつつまれて。その種を地面に植えたら、そこから芽が出てきて、葉っぱが出てきて、大きくなっていって、花がさいて、そのあとにはまたトマトができるんだよ」

みんなは目をまんまるくして、トマトを食べています。

それからみんなは、あせまみれ、
どろまみれになって、
やさいのしゅうかくをしました。
茎や枝やつるからつみとったり、
地面をほって、根っこをぬいたりして。
たちまちのうちに、からっぽだったかごが、
やさいでいっぱいになりました。

「ああ、おなかがすいた。もうぺっこぺこ」
だれかのおなかが、ぐるるるっと鳴りました。
オリビアさんはにっこり。
アラン先生もにっこり。
アラン先生は、これからどこで、
なにが始まるのか、起こるのか、
わかっているようでもあります。

オリビアさんの案内で、みんなは、やさい畑の近くにある、丸太小屋へ向かっていきました。入り口には「しあわせレストラン」と書かれたかんばんがかかっています。

しあわせレストラン

レオがドアをあけました。

「こんにちは」

と、みんなで声をあわせて、あいさつをしました。

すると、どうでしょう。

「いらっしゃいませ」

「こんにちは」

「ようこそ」

「よく来たね」

「また会えたね」

「さあ、どうぞ」

なんと、そこには、犬の村の子どもたちがせいぞろい。
サッカーなかまの、ノアとリッキーとガブリエルとケイトのすがたもあります。

ねこの子たちは、犬の子たちといっしょに、四角いテーブルをかこみました。

テーブルの上には、ナイフとフォークとスプーンとお皿とコップがならんでいます。

ねこの子たちは、リュックのなかから、リリアさんのパンをとりだして、お皿の上に置きました。

もちろん、犬の子たちのお皿の上にも。

「まだパンを食べないで。もうちょっと待ってて」

と、ケイトが言いました。

ふたたび、オリビアさんがあらわれました。

手には、大きなおぼんをもっています。

おぼんの上には、さっき、みんなでしゅうかくしたやさいがならんでいます。

ゆでてあるもの、カットしてあるもの、焼いてあるもの、いろいろあります。

「さあ、いただきましょう！」

オリビアさんが声をかけると、みんなはいっせいに、やさいに手をのばしました。

「あたしは、これとこれ」
ルルは、クロワッサンに
トマトときゅうりをはさんで、
ぱくり。

「ぼくは、これだ」
レオは、バターロールに
ポテトサラダをはさんで、
もぐもぐもぐ。

ノアはやさいバーガーを、
ガブリエルはぶあつい
やさいサラダサンドを、
リッキーはフランスパンに
レタスとチーズをはさんで、
がぶり。

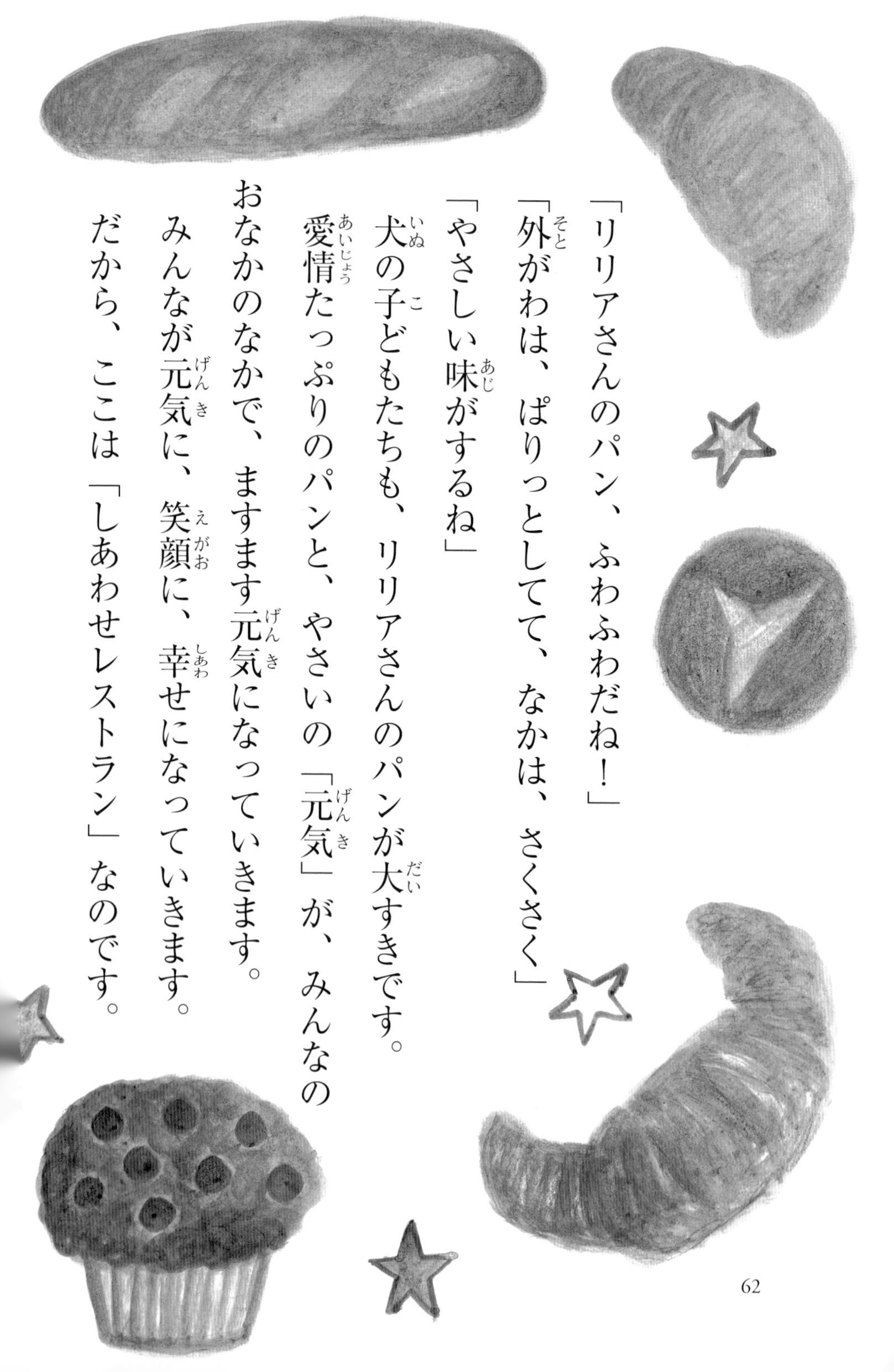

「リリアさんのパン、ふわふわだね！」

「外がわは、ぱりっとしてて、なかは、さくさく」

「やさしい味がするね」

犬の子どもたちも、リリアさんのパンが大すきです。

愛情たっぷりのパンと、やさいの「元気」が、みんなのおなかのなかで、ますます元気になっていきます。

みんなが元気に、笑顔に、幸せになっていきます。

だから、ここは「しあわせレストラン」なのです。

「さてさて、これは、なんでしょう？」
オリビアさんが、こんどは大きなおなべを
手にして、やってきました。
おなべからは、湯気がもわもわ出ています。
テーブルのまんなかに置かれた、
おなべのなかには、いったいなにが――
「さあ、めしあがれ」
ノアとガブリエルとリッキーは、
みんなのために、おなべからボウルへ、
なかみをとりわけてあげます。

スプーンでひとさじ、すくって食べた
アラン先生が声をあげました。

「これは、しあわせレストランの、
しあわせシチューだね」

シチューのなかには、
じゃがいも、にんじん、
たまねぎ、グリーンピース、
オレンジ色(いろ)のかぼちゃ、
それから、なすびも
入(はい)っています。

やさいとスープが口(くち)のなかでとけあって、体(からだ)じゅうがあたたまって、心(こころ)までぽかぽかしてきます。

「しあわせシチューはね、オリビアさんのおじいさんのおじいさんが考えだしたレシピなんだよ」

ガブリエルがみんなに話してくれました。

遠い昔のある年、
きびしい冬がやってきて、
たべものが不足して、
みんながおなかをすかせて
泣いていたとき、
オリビアさんの
おじいさんのおじいさんが、
やさいシチューをつくって、
みんなに食べさせて
あげたのだそうです。

「ごちそうさま」

「おみやげ、ありがとう」

「リリアさんのマドレーヌとオレンジカップケーキ、すごくおいしかった！」

「ぼくらの町へも、また遊びに来てね」

「ゆうやけ図書館へも来てね」

「また、サッカーをして遊ぼうね」

「うん、またね」

「きっとだよ」

子どもたちは、指きりをしました。

ねこの町の小学校の子どもたちは、
犬の村の子どもたちに見送られて、
やさい畑と「しあわせレストラン」をあとにしました。

帰りは、山道ではなくて、近道を歩くことにしました。

なぜなら、せなかのリュックサックが、やさいのおみやげでいっぱいになり、重くなっていたからです。

町にもどったら、リリアさん、本屋さんのクララさん、写真館のダリオさんにも、やさいをとどけてあげよう、と、アラン先生は思っています。

ホテル「プチモンド」のジゼルさんにも。

そして、アラン先生には、もうひとつ、思いついたことがありました。

山登りのほかに、アラン先生のとくいなことがあります。

そのとくいなことを生かして、子どもたちといっしょに「あれをつくろう」と、先生は思いつきました。

やさいをたくさん、いただいたお礼に、みんなでいっしょに「かっこいいあれをつくって、オリビアさんにプレゼントしよう」――。

それから一か月ほどが過ぎた、ある日のことです。

オリビアさんのお店に、ゆうびん局のハワード局長が、小づつみをとどけに来てくれました。

差出人は、ねこの町の小学校の子どもたちのようです。

「まあ、なにかしら？」

かわいいリボンのかかった箱をあけると、
なかから出てきたのは——

POST
POST
POST

さあ、なんだと思いますか？
アラン先生と子どもたちが力をあわせて、
つくりあげたものとは――

「いらっしゃいませ。ようこそ、しあわせレストランへ」

しあわ
OPEN

小手鞠るい｜こでまりるい

1956年岡山県生まれ。同志社大学法学部卒業。1981年「詩とメルヘン賞」、1993年「海燕」新人文学賞、2005年『欲しいのは、あなただけ』で島清恋愛文学賞受賞。2009年絵本『ルウとリンデン 旅とおるすばん』（北見葉胡／絵）がボローニャ国際児童図書賞受賞。2019年『ある晴れた夏の朝』で小学館児童出版文化賞受賞。主な児童書の著書に『シナモンのおやすみ日記』『初恋まねき猫』『うさぎのマリーのフルーツパーラー』『ぼくのなまえはユウユウ』など多数。

くまあやこ

1972年神奈川県生まれ。中央大学ドイツ文学専攻卒業。装画作品に『はるがいったら』（飛鳥井千砂／著）、『スイートリトルライズ』（江國香織／著）、『雲のはしご』（梨屋アリエ／著）、『世界一幸せなゴリラ、イバン』（キャサリン・アップルゲイト／著・岡田好惠／訳）、『海と山のピアノ』（いしいしんじ／著）、「ソラタとヒナタ」シリーズ（かんのゆうこ／作）など。絵本に『そだててあそぼうマンゴーの絵本』（よねもとよしみ／編）、『きみといっしょに』（石垣十／作）など。

シリーズマーク／いがらしみきお
ブックデザイン／脇田明日香

この作品は書き下ろしです。

わくわくライブラリー
ねこの町の小学校
たのしいえんそく

2020年11月10日　第1刷発行

作　小手鞠るい
絵　くまあやこ
発行者　渡瀬昌彦
発行所　株式会社講談社
〒112-8001 東京都文京区音羽2-12-21
電話　編集 03-5395-3535　販売 03-5395-3625　業務 03-5395-3615
印刷所　株式会社精興社
製本所　島田製本株式会社

N.D.C.913 79p 22cm
ISBN978-4-06-521525-8

カオリン
ミッチ
プリン
ルル
カイト
ココ
リッキー
ノア